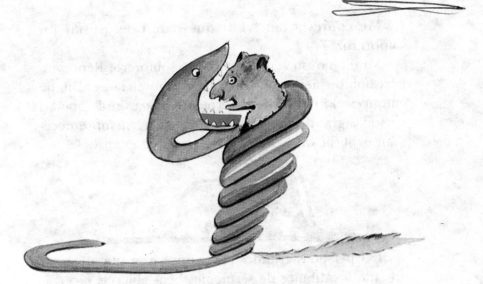

CUANDO YO TENÍA SEIS AÑOS vi una vez una lámina magnífica en un libro sobre el Bosque Virgen que se llamaba "Historias Vividas". Representaba una serpiente boa que se tragaba a una fiera. He aquí la copia del dibujo.

El libro decía: "Las serpientes boas tragan sus presas enteras, sin masticarlas. Luego no pueden moverse y duermen durante los seis meses de la digestión."

Reflexioné mucho entonces sobre las aventuras de la selva y, a mi vez, logré trazar con un lápiz de color mi primer dibujo. Mi dibujo número 1. Era así:

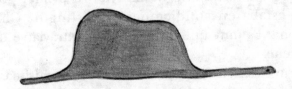

Mostré mi obra maestra a las personas grandes y les pregunté si mi dibujo les asustaba.

Me contestaron: "¿Por qué habrá de asustar un sombrero?"

Mi dibujo no representaba un sombrero. Representaba una serpiente boa que digería un elefante. Dibujé entonces el interior de la serpiente boa a fin de que las personas grandes pudiesen comprender. Siempre necesitan explicaciones. Mi dibujo número 2 era así:

Las personas grandes me aconsejaron que dejara a un lado los dibujos de serpientes boas abiertas o cerradas y que me interesara un poco más en la geografía, la historia, el cálculo y la gramática. Así fue cómo, a la edad de seis años, abandoné una magnífica carrera de pintor. Estaba desalentado por el fracaso de mi dibujo número 1 y de mi dibujo número 2. Las personas grandes nunca comprenden nada por sí solas y es cansador para los niños tener que darles siempre y siempre explicaciones.

Debí, pues, elegir otro oficio y aprendí a pilotear aviones. Volé un poco por todo el mundo. Es cierto que la geografía me sirvió de mucho. Al primer golpe de vista estaba en condiciones de distinguir China de Arizona. Es muy útil si uno llega a extraviarse durante la noche.

Tuve así, en el curso de mi vida, muchísimas vinculaciones con muchísima gente seria. Viví mucho con personas grandes. Las he visto muy de cerca. No he mejorado excesivamente mi opinión.

Para ti,
con cariño

Silvie

Marzo 1999

...y para otros, cuídame ...

ANTOINE DE SAINT-EXUPÉRY

EL PRINCIPITO

*Creo que, para su evasión, aprovechó una
migración de pájaros silvestres.*

ANTOINE DE SAINT-EXUPÉRY

EL
PRINCIPITO

Con ilustraciones del autor

EMECÉ

Título original: *Le Petit Prince*
Traducción de Bonifacio del Carril
Copyright © 1946, *Éditions Gallimard*
© *Emecé Editores S.A., 1951*
Alsina 2062 - Buenos Aires, Argentina ·
Ediciones anteriores: 2.476.630 ejemplares
150ª impresión: 10.000 ejemplares
Impreso en Verlap S.A.,
Comandante Spurr 653, Avellaneda, octubre de 1998

E-mail: editorial@emece.com.ar
http: // www.emece.com.ar

IMPRESO EN LA ARGENTINA / PRINTED IN ARGENTINA
Queda hecho el depósito que previene la ley 11.723
I.S.B.N.: 950-04-0048-0
23.065

A LEÓN WERTH

Pido perdón a los niños por haber dedicado este libro a una persona grande. Tengo una seria excusa: esta persona grande es el mejor amigo que tengo en el mundo. Tengo otra excusa: esta persona grande puede comprender todo; hasta los libros para niños. Tengo una tercera excusa: esta persona grande vive en Francia, donde tiene hambre y frío. Tiene verdadera necesidad de consuelo. Si todas estas excusas no fueran suficientes, quiero dedicar este libro al niño que esta persona grande fue en otro tiempo. Todas las personas grandes han sido niños antes. (Pero pocas lo recuerdan.) Corrijo, pues, mi dedicatoria:

A LEÓN WERTH
CUANDO ERA NIÑO.

Cuando encontré alguna que me pareció un poco lúcida, hice la experiencia de mi dibujo número 1, que siempre he conservado. Quería saber si era verdaderamente comprensiva. Pero siempre me respondía: "Es un sombrero". Entonces no le hablaba ni de serpientes boas, ni de bosques vírgenes, ni de estrellas. Me colocaba a su alcance. Le hablaba de bridge, de golf, de política y de corbatas. Y la persona grande se quedaba muy satisfecha de haber conocido un hombre tan razonable.

II

Viví ASÍ, solo, sin nadie con quien hablar verdaderamente, hasta que tuve una *panne* en el desierto de Sahara, hace seis años. Algo se había roto en mi motor. Y como no tenía conmigo ni mecánico ni pasajeros, me dispuse a realizar, solo, una reparación difícil. Era, para mí, cuestión de vida o muerte. Tenía agua de beber apenas para ocho días.

La primera noche dormí sobre la arena a mil millas de toda tierra habitada. Estaba más aislado que un náufrago sobre una balsa en medio del océano. Imaginaos, pues, mi sorpresa cuando, al romper el día, me despertó una extraña vocecita que decía:

—Por favor...; ¡dibújame un cordero!

—¡Eh!

—Dibújame un cordero...

Me puse de pie de un salto, como golpeado por un rayo. Me froté los ojos. Miré bien. Y vi un hombrecito enteramente extraordinario que me examinaba gravemente. He aquí el mejor retrato que, más tarde, logré hacer de él. Pero seguramente mi dibujo es mucho menos encantador que el modelo. No es por mi culpa. Las personas grandes me desalentaron de mi carrera de pintor cuando tenía seis años y sólo había aprendido a dibujar las boas cerradas y las boas abiertas.

Miré, pues, la aparición con los ojos absortos por el asombro. No olvidéis que me encontraba a mil millas de toda región habitada. Además, el hombrecito no me parecía ni extraviado, ni muerto de fatiga, ni muerto de hambre, ni muerto de sed, ni muerto de miedo. No tenía en absoluto la apariencia de un niño perdido en medio del desierto, a mil millas de toda región habitada. Cuando al fin logré hablar, le dije:

—Pero... ¿qué haces aquí?

Repitió entonces, muy suavemente, como si fuese una cosa muy seria:

—Por favor... dibújame un cordero...

Cuando el misterio es demasiado impresionante no es posible desobedecer. Por absurdo que me pareciese, a mil millas de todo lugar habitado y en peligro de muerte, saqué del bolsillo una hoja de papel y una estilográfica. Recordé entonces que había estudiado principalmente geografía, historia, cálculo y gramática, y dije al hombrecito (con un poco de mal humor) que no sabía dibujar. Me contestó:

—No importa. Dibújame un cordero.

Como jamás había dibujado un cordero rehíce uno de los dos únicos dibujos que era capaz de hacer. El de la boa cerrada. Quedé estupefacto cuando oí al hombrecito que me respondía:

He aquí el mejor retrato que, más tarde, logré hacer de él.

—¡No! ¡No! No quiero un elefante dentro de una boa. Una boa es muy peligrosa y un elefante muy embarazoso. En mi casa todo es pequeño. Necesito un cordero. Dibújame un cordero.

Entonces dibujé. El hombrecito miró atentamente. Luego dijo:

—¡No! Este cordero está muy enfermo. Haz otro.

Yo dibujaba. Mi amigo sonrió amablemente, con indulgencia:

—¿Ves?... No es un cordero; es un carnero. Tiene cuernos...

Rehíce, pues, otra vez mi dibujo.

Pero lo rechazó como a los anteriores:

—Éste es demasiado viejo. Quiero un cordero que viva mucho tiempo.

Entonces, impaciente, como tenía prisa por comenzar a desmontar mi motor, garabateé este dibujo:

Y le largué:

—Ésta es la caja. El cordero que quieres está adentro.

Quedé verdaderamente sorprendido al ver iluminarse el rostro de mi joven juez:

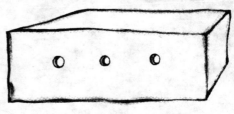

—¡Es exactamente como lo quería! ¿Crees que necesitará mucha hierba este cordero?

—¿Por qué?

—Porque en mi casa todo es pequeño...

—Alcanzará seguramente. Te he regalado un cordero bien pequeño.

Inclinó la cabeza hacia el dibujo:

—No tan pequeño... ¡Mira! Se ha dormido...

Y fue así cómo conocí al principito.

III

NECESITÉ MUCHO TIEMPO para comprender de dónde venía. El principito, que me acosaba a preguntas, nunca parecía oír las mías. Y sólo por palabras pronunciadas al azar pude, poco a poco, enterarme de todo. Cuando vio mi avión por primera vez (no dibujaré mi avión porque es un dibujo demasiado complicado para mí), me preguntó:

—¿Qué es esta cosa?

—No es una cosa. Vuela. Es un avión. Es mi avión.

Y me sentí orgulloso haciéndole saber que volaba. Entonces exclamó:

—¿Cómo? ¿Has caído del cielo?

—Sí —dije modestamente.

—¡Ah! ¡Qué gracioso!...

Y el principito soltó una magnífica carcajada que me irritó mucho. Deseo que se tomen en serio mis desgracias.

Después agregó:

—Entonces ¡tú también vienes del cielo! ¿De qué planeta eres?

Entreví rápidamente una luz en el misterio de su presencia y pregunté bruscamente:

—¿Vienes, pues, de otro planeta?

Pero no me contestó. Meneaba la cabeza suavemente mientras miraba el avión:

—Verdad es que, en esto, no puedes haber venido de muy lejos...

Y se hundió en un ensueño que duró largo tiempo. Después, sacó el cordero del bolsillo y se abismó en la contemplación de su tesoro.

Imaginaos cuánto pudo haberme intrigado esa semiconfidencia sobre los "otros planetas". Me esforcé por saber algo más:

—¿De dónde vienes, hombrecito? ¿Dónde queda "tu casa"? ¿Adónde quieres llevar a mi cordero?

Después de meditar en silencio, respondió:

—Me gusta la caja que me has regalado porque de noche le servirá de casa.

—Seguramente. Y si eres amable te daré también una cuerda para atarlo durante el día. Y una estaca.

La proposición pareció disgustar al principito:

—¿Atarlo? ¡Qué idea tan rara!

—Pero si no lo atas se irá a cualquier parte y se perderá...

Mi amigo tuvo un nuevo estallido de risa:

16

—Pero, ¿adónde quieres que vaya?

—A cualquier parte. Derecho, siempre adelante...

Entonces el principito observó gravemente:

—¡No importa! ¡Mi casa es tan pequeña!

Y con un poco de melancolía, quizá, agregó:

—Derecho, siempre adelante de uno, no se puede ir muy lejos...

IV

Supe así una segunda cosa muy importante. ¡Su planeta de origen era apenas más grande que una casa!

No podía sorprenderme mucho. Sabía bien que fuera de los grandes planetas como la Tierra, Júpiter, Marte, Venus, que tienen nombre, hay centenares de planetas, a veces tan pequeños que apenas se les puede ver con el telescopio. Cuando un astrónomo descubre alguno le da un número por nombre. Lo llama por ejemplo: "el asteroide 3251".

Tengo serias razones para creer que el

17

planeta de donde venía el principito es el asteroide B 612. Este asteroide sólo ha sido visto una vez con el telescopio, en 1909, por un astrónomo turco.

El astrónomo hizo, entonces, una gran demostración de su descubrimiento en un Congreso Internacional de Astronomía. Pero nadie le creyó por culpa de su vestido. Las personas grandes son así.

Felizmente para la reputación del asteroide B 612, un dictador turco obligó a su pueblo, bajo pena de muerte, a vestirse a la europea. El astrónomo repitió su demostración en 1920, con un traje muy elegante. Y esta vez todo el mundo compartió su opinión.

Si os he referido estos detalles acerca del asteroide B 612 y si os he confiado su número es por las personas grandes. Las personas grandes aman las cifras. Cuando les habláis de un nuevo amigo, no os interrogan jamás sobre lo esencial. Jamás os dicen: "¿Cómo es el timbre de su voz? ¿Cuáles son los juegos que prefiere? ¿Colecciona mariposas?" En cambio, os preguntan: "¿Qué edad tiene? ¿Cuántos hermanos tiene? ¿Cuánto pesa? ¿Cuánto gana su padre?" Sólo en-

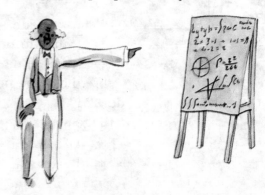

El principito sobre el asteroide B 612.

tonces creen conocerle. Si decís a las personas grandes: "He visto una hermosa casa de ladrillos rojos con geranios en las ventanas y palomas en el techo...", no acertarán a imaginarse la casa. Es necesario decirles: "He visto una casa de cien mil francos". Entonces exclaman: "¡Qué hermosa es!"

Si les decís: "La prueba de que el principito existió es que era encantador, que reía, y que quería un cordero. Querer un cordero es prueba de que se existe", se encogerán de hombros y os tratarán como se trata a un niño. Pero si les decís: "El planeta de donde venía es el asteroide B 612", entonces quedarán convencidos y os dejarán tranquilo sin preguntaros más. Son así. Y no hay que reprocharles. Los niños deben ser muy indulgentes con las personas grandes.

Pero, claro está, nosotros que comprendemos la vida, nos burlamos de los números. Hubiera deseado comenzar esta historia a la manera de los cuentos de hadas. Hubiera deseado decir:

"Había una vez un principito que habitaba un planeta apenas más grande que él y que tenía necesidad de un amigo..." Para quienes comprenden la vida habría parecido mucho más cierto.

Pues no me gusta que se lea mi libro a la ligera. ¡Me apena tanto relatar estos recuerdos! Hace ya seis años que mi amigo se fue con su cordero. Si intento describirlo aquí es para no olvidarlo. Es triste olvidar a un amigo. No todos han tenido un amigo. Y puedo transformarme como las personas grandes que no se interesan más que en las cifras. Por eso he comprado una caja de colores y de lápices. Es penoso retomar el dibujo, a mi edad, cuando no se ha hecho más tentativas que la de la boa cerrada y la de la boa abierta, a la edad de seis años. Trataré, por cierto, de hacer los retratos lo más parecidos posible. Pero no estoy enteramente seguro de tener éxito. Un dibujo va, y el otro no se parece más. Me equivoco también un poco en la talla. Aquí el principito es demasiado alto. Allá es demasiado pequeño. Vacilo, también, acerca del color de su vestido. Entonces ensayo de una manera u otra, bien que mal. He de equivocarme, en fin, sobre ciertos detalles más importantes. Pero habrá de perdonárseme. Mi amigo jamás daba explicaciones. Quizá me creía semejante a él. Pero yo, desgraciadamente, no sé ver corderos a través de las cajas. Soy quizá un poco como las personas grandes. Debo de haber envejecido.

V

CADA DÍA SABÍA ALGO NUEVO sobre el planeta, sobre la partida, sobre el viaje. Venía lentamente, al azar de las reflexiones. Al tercer día me enteré del drama de los baobabs.

Fue aún gracias al cordero, pues el principito me interrogó bruscamente, como asaltado por una grave duda:

—¿Es verdad, no es cierto, que a los corderos les gusta comer arbustos?

—Sí. Es verdad.

—¡Ah! ¡Qué contento estoy!

No comprendí por qué era tan importante que los

corderos comiesen arbustos. Pero el principito agregó:

—¿De manera que comen también baobabs?

Hice notar al principito que los baobabs no son arbustos, sino árboles grandes como iglesias y que aun si llevara con él toda una tropa de elefantes, la tropa no acabaría con un solo baobab.

La idea de la tropa de elefantes hizo reír al principito:

—Habría que ponerlos unos sobre otros...

Y observó sabiamente:

—Los baobabs, antes de crecer, comienzan por ser pequeños.

—¡Es cierto! Pero ¿por qué quieres que tus corderos coman baobabs pequeños?

Me contestó: "¡Bueno! ¡Vamos!", como si ahí estuviera la prueba. Y necesité un gran esfuerzo de inteligencia para comprender por mí mismo el problema.

En efecto, en el planeta del principito, como en todos los planetas, había hierbas buenas y hierbas malas. Como resultado de buenas semillas de buenas hierbas y de malas semillas de malas hierbas. Pero las semillas son invisibles. Duermen en el secreto de la tierra hasta

que a una de ellas se le ocurre despertarse. Entonces se estira y, tímidamente al comienzo, crece hacia el sol una encantadora briznilla inofensiva. Si se trata de una briznilla de rabanito o de rosal, se la puede dejar crecer como ella quiera. Pero si

se trata de una planta mala, debe arrancarse la planta inmediatamente, en cuanto se ha podido reconocerla. Había, pues, semillas terribles en el planeta del principito. Eran las semillas de los baobabs. El suelo del planeta estaba infestado. Y si un baobab no se arranca a tiempo, ya no es posible desembarazarse de él. Invade todo el planeta. Lo perfora con sus raíces. Y si el planeta es demasiado pequeño y si los baobabs son demasiado numerosos, lo hacen estallar.

"Es cuestión de disciplina", me decía más tarde el principito. "Cuando uno termina de arreglarse por la mañana debe hacer cuidadosamente la limpieza del planeta. Hay que dedicarse regularmente a arrancar los baobabs en cuanto se los distingue entre los rosales, a los que se parecen mucho cuando son muy jóvenes. Es un trabajo muy aburrido, pero muy fácil."

Y un día me aconsejó que me aplicara a lograr un hermoso dibujo, para que entrara bien en la cabeza de los niños de mi tierra. "Si algún día viajan", me decía, "podrá serles útil. A veces no hay inconveniente en dejar el trabajo para más tarde. Pero, si se trata de los baobabs, es siempre una catástrofe. Conocí un planeta habitado por un perezoso. Descuidó tres arbustos..."

Y, según las indicaciones del principito, dibujé aquel planeta. No me gusta mucho adoptar tono de moralista. Pero el peligro de los baobabs es tan poco conocido y los riesgos corridos por quien se extravía en un asteroide son tan importantes, que, por una vez, salgo de mi reserva. Y digo: "¡Niños! ¡Cuidado con los baobabs!" Para prevenir a mis amigos de un peligro que desde hace tiempo los acecha, como a mí mismo, sin conocerlo, he trabajado tanto en este dibujo. La lección que doy es digna de tenerse en cuenta. Quizá os preguntaréis: ¿Por qué no hay, en este libro, otros dibujos tan grandiosos como el dibujo de los baobabs? La respuesta es bien simple: He intentado hacerlos, pero sin éxito. Cuando dibujé los baobabs me impulsó el sentido de la urgencia.

Los baobabs.

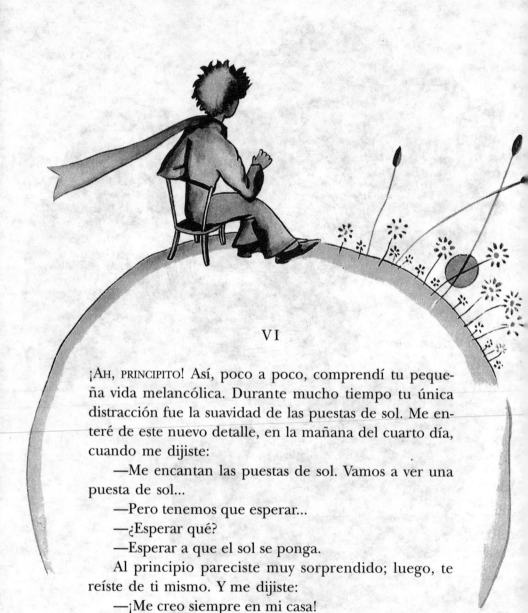

VI

¡Ah, PRINCIPITO! Así, poco a poco, comprendí tu pequeña vida melancólica. Durante mucho tiempo tu única
distracción fue la suavidad de las puestas de sol. Me enteré de este nuevo detalle, en la mañana del cuarto día,
cuando me dijiste:

—Me encantan las puestas de sol. Vamos a ver una
puesta de sol...

—Pero tenemos que esperar...

—¿Esperar qué?

—Esperar a que el sol se ponga.

Al principio pareciste muy sorprendido; luego, te
reíste de ti mismo. Y me dijiste:

—¡Me creo siempre en mi casa!

En efecto. Todo el mundo sabe que cuando es me-
diodía en los Estados Unidos el sol se pone en Francia.

Bastaría poder ir a Francia en un minuto para asistir a la puesta del sol. Desgraciadamente, Francia está demasiado lejos. Pero sobre tu pequeño planeta te bastaba mover tu silla algunos pasos. Y contemplabas el crepúsculo cada vez que lo querías.

—Un día, vi ponerse el sol cuarenta y tres veces.

Y poco después agregaste:

—¿Sabes?... Cuando uno está verdaderamente triste son agradables las puestas de sol...

—¿Estabas, pues, verdaderamente triste el día de las cuarenta y tres veces?

El principito no respondió.

VII

AL QUINTO DÍA, siempre gracias al cordero, me fue revelado este secreto de la vida del principito. Me preguntó bruscamente, y sin preámbulos, como fruto de un problema largo tiempo meditado en silencio:

—Si un cordero come arbustos, ¿come también flores?

—Un cordero come todo lo que encuentra.

—¿Hasta las flores que tienen espinas?

—Sí. Hasta las flores que tienen espinas.

—Entonces, las espinas, ¿para qué sirven?

Yo no lo sabía. Estaba entonces muy ocupado tratando de destornillar un bulón demasiado ajustado de mi motor. Estaba muy preocupado, pues mi *panne* comenzaba a resultarme muy grave y el agua de beber que se agotaba me hacía temer lo peor.

—Las espinas, ¿para qué sirven?

El principito jamás renunciaba a una pregunta, una vez que la había formulado. Yo estaba irritado por mi bulón y respondí cualquier cosa:

—Las espinas no sirven para nada. Son pura maldad de las flores.

—¡Oh!

Después de un silencio me largó, con cierto rencor:

—¡No te creo! Las flores son débiles. Son ingenuas. Se defienden como pueden. Se creen terribles con sus espinas.

No respondí nada. En ese instante me decía: "Si este bulón todavía resiste, lo haré saltar de un martillazo." El principito interrumpió de nuevo mis reflexiones:

—¿Y tú, tú crees que las flores...?

—¡Pero no! ¡Pero no! ¡Yo no creo nada! Te contesté cualquier cosa. ¡Yo me ocupo de cosas serias!

Me miró estupefacto.

—¡De cosas serias!

Me veía con el martillo en la mano y los dedos negros de grasa, inclinado sobre un objeto que le parecía muy feo.

—¡Hablas como las personas grandes!

Me avergonzó un poco. Pero, despiadado, agregó:

—¡Confundes todo!... ¡Mezclas todo!

Estaba verdaderamente muy irritado. Sacudía al viento sus cabellos dorados.

—Conozco un planeta donde hay un Señor carmesí. Jamás ha aspirado una flor. Jamás ha mirado a una estrella. Jamás ha querido a nadie. No ha hecho más que sumas y restas. Y todo el día repite como tú: "¡Soy un hombre serio! ¡Soy un hombre serio!" Se infla de orgullo. Pero no es un hombre; ¡es un hongo!

—¿Un qué?

—¡Un hongo!

El principito estaba ahora pálido de cólera.

—Hace millones de años que las flores fabrican espinas. Hace millones de años que los corderos comen igualmente las flores. ¿Y no es serio intentar comprender por qué las flores se esfuerzan tanto en fabricar espinas que no sirven nunca para nada? ¿No es importante la guerra de los corderos y las flores? ¿No es más serio y más importante que las sumas de un Señor gordo y rojo? ¿Y no es importante que yo conozca una flor única en el mundo, que no existe en ninguna parte, salvo en mi planeta, y que un corderito puede aniquilar una mañana, así, de un solo golpe, sin darse cuenta de lo que hace? Esto, ¿no es importante?

Enrojeció y agregó:

—Si alguien ama a una flor de la que no existe más que un ejemplar entre los millones y millones de estrellas, es bastante para que sea feliz cuando mira a las estrellas. Se dice: "Mi flor esta allí, en alguna parte..." Y si el cordero come la flor, para él es como si, bruscamente, todas las estrellas se apagaran. Y esto, ¿no es importante?

No pudo decir nada más. Estalló bruscamente en sollozos. La noche había caído. Yo había dejado mis herramientas. No me importaban ni el martillo, ni el bulón, ni la sed, ni la muerte. En una estrella, en un planeta, el mío, la Tierra, había un principito que necesitaba consuelo. Lo tomé en mis brazos. Lo acuné. Le dije: "La flor que amas no corre peligro... Dibujaré un bozal para tu cordero. Dibujaré una armadura para tu flor... Di..." No sabía bien qué decir. Me sentía muy torpe. No sabía cómo llegar a él, dónde encontrarlo... ¡Es tan misterioso el país de las lágrimas...!

VIII

Aprendí bien pronto a conocer mejor a esa flor. En el planeta del principito siempre había habido flores muy simples, adornadas con una sola hilera de pétalos, que apenas ocupaban lugar y que no molestaban a nadie. Aparecían una mañana entre la hierba y luego se extinguían por la noche. Pero aquélla había germinado un día de una semilla traída no se sabe de dónde y el principito había vigilado, muy de cerca, a esa brizna que no se parecía a las otras briznas. Podía ser un nuevo género de baobab. Pero el arbusto cesó pronto de crecer y comenzó a elaborar una flor. El principito, que asistió a la formación de un capullo enorme, sentía que iba a surgir una aparición milagrosa, pero, al abrigo de su cámara verde, la flor no terminaba de preparar su embellecimiento. Elegía con cuidado sus colores. Se vestía lentamente y ajustaba uno a uno sus pétalos. No quería salir llena de arrugas como las amapolas. Quería aparecer con el pleno resplandor de su belleza. ¡Ah!, ¡sí! ¡Era muy coqueta! Su misterioso atavío había durado días y días. Y he aquí que una mañana, exactamente a la hora de la salida del sol, se mostró.

Y la flor, que había trabajado con tanta precisión, dijo en medio de un bostezo:

—¡Ah!, acabo de despertarme... Perdóname... Todavía estoy toda despeinada...

El principito, enton-
ces, no pudo contener su
admiración:

—¡Qué hermosa eres!

—¿Verdad? —respon-
dió suavemente la flor—.
Y he nacido al mismo
tiempo que el sol...

El principito advirtió
que no era demasiado
modesta, ¡pero era tan
conmovedora!...

—Creo que es la hora
del desayuno —agregó en

seguida la flor—. ¿Tendrías la bondad de acordarte de mí?

Y el principito, confuso, habiendo ido a buscar una regadera de agua fresca, sirvió a la flor.

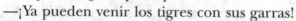

Así lo atormentó bien pronto con su vanidad un poco sombría. Un día, por ejemplo, hablando de sus cuatro espinas, dijo al principito:

—¡Ya pueden venir los tigres con sus garras!

—En mi planeta no hay tigres —objetó el principito—; y, además, los tigres no comen hierba.

—Yo no soy una hierba —respondió suavemente la flor.

—Perdóname...

—No temo a los tigres, pero siento horror a las corrientes de aire. ¿No tendrías un biombo?

"Horror a las corrientes de aire... No es una suerte para una planta", observó el principito. "Esta flor es bien complicada..."

—Por la noche me meterás bajo un globo. Aquí hace mucho frío. Hay pocas comodidades. Allá, de donde vengo...

Pero se interrumpió. Había venido bajo forma de semilla. No había podido conocer nada de otros mun-

dos. Humillada
por haberse deja-
do sorprender en
la preparación de
una mentira tan
ingenua, tosió
dos o tres veces
para poner en fal-
ta al principito.

—¿Y el biombo?...

—¡Lo iba a buscar, pero como me estabas hablando!...

Entonces la flor forzó la tos para infligirle, aun así,
remordimientos.

De este modo, el principito, a pesar de la buena vo-
luntad de su amor, pronto dudó de ella. Había tomado
en serio palabras sin importancia y se sentía muy des-
graciado.

"No debí haberla escuchado", me confió un día;
"nunca hay que escuchar a las flores. Hay que mirarlas
y aspirar su aroma. La mía perfumaba mi planeta, pero
yo no podía gozar con ello. La historia de las garras,
que tanto me había fastidiado, debe de haberme enter-
necido..."

Y me confió aún:

"No supe comprender nada entonces. Debí haberla
juzgado por sus actos y no por sus palabras. Me perfumaba y me iluminaba. ¡No debí haber huído jamás!
Debí haber adivinado su ternura, detrás de sus pobres
astucias. ¡Las flores son tan contradictorias! Pero yo era
demasiado joven para saber amarla."

IX

CREO QUE, para su evasión, aprovechó una migración de pájaros silvestres. La mañana de la partida puso bien en orden su planeta. Deshollinó cuidadosamente los volcanes en actividad. Poseía dos volcanes en actividad. Era muy cómodo para calentar el desayuno de la mañana. Poseía también un volcán extinguido. Pero, como decía el principito, "¡no se sabe nunca!" Deshollinó, pues, igualmente el volcán extinguido. Si se deshollinan bien los volcanes, arden suave y regularmente, sin erupciones. Las erupciones volcánicas son como el fuego de las chimeneas. Evidentemente, en nuestra tierra, somos demasiado pequeños para deshollinar nuestros volcanes. Por eso nos causan tantos disgustos.

El principito arrancó también, con un poco de melancolía, los últimos brotes de baobabs. Creía que no iba a volver jamás. Pero todos estos trabajos cotidianos le parecieron extremadamente agradables esa mañana. Y cuando regó por última vez la flor, y se dispuso a ponerla al abrigo de su globo, descubrió que tenía deseos de llorar.

—Adiós —dijo a la flor.

Pero la flor no le contestó.

—Adiós —repitió.

La flor tosió. Pero no por el resfrío.

—He sido tonta —le dijo por fin—. Te pido perdón. Procura ser feliz.

Quedó sorprendido por la ausencia de reproches.

Deshollinó cuidadosamente los volcanes en actividad.

Permaneció allí, desconcertado, con el globo en la mano. No comprendía esa calma mansedumbre.

—Pero, sí, te quiero —le dijo la flor—. No has sabido nada, por mi culpa. No tiene importancia. Pero has sido tan tonto como yo. Procura ser feliz... Deja el globo en paz. No lo quiero más.

—Pero el viento...

—No estoy tan resfriada como para... El aire fresco de la noche me hará bien. Soy una flor.

—Pero los animales...

—Es preciso que soporte dos o tres orugas si quiero conocer a las mariposas. ¡Parece que es tan hermoso! Si no, ¿quién habrá de visitarme? Tú estarás lejos. En cuanto a los animales grandes, no les temo. Tengo mis garras.

Y mostró ingenuamente sus cuatro espinas. Después agregó:

—No te detengas más, es molesto. Has decidido partir. Vete.

Pues no quería que la viese llorar. Era una flor tan orgullosa...

X

Se encontraba en la región de los asteroides 325, 326, 327, 328, 329 y 330. Comenzó, pues, a visitarlos para buscar una ocupación y para instruirse.

El primero estaba habitado por un rey. El rey, vestido de púrpura y armiño, estaba sentado en un trono muy sencillo y sin embargo majestuoso.

—¡Ah! He aquí un súbdito— exclamó el rey cuando vio al principito.

Y el principito se preguntó:

"¿Cómo puede reconocerme si nunca me ha visto antes?"

No sabía que para los reyes el mundo está muy simplificado. Todos los hombres son súbditos.

—Acércate para que te vea mejor —le dijo el rey, que estaba orgulloso de ser al fin rey de alguien.

El principito buscó con la mirada un lugar donde sentarse, pero el planeta estaba totalmente cubierto por el magnífico manto de armiño. Quedó, pues, de pie, y como estaba fatigado, bostezó.

—Es contrario al protocolo bostezar en presencia de un rey —le dijo el monarca—. Te lo prohíbo.

—No puedo impedirlo —respondió confuso el principito—. He hecho un largo viaje y no he dormido...

—Entonces —le dijo el rey— te ordeno bostezar. No he visto bostezar a nadie desde hace años. Los bostezos son una curiosidad para mi. ¡Vamos!, bosteza otra vez. Es una orden.

—Eso me intimida... no puedo... —dijo el principito, enrojeciendo.

—¡Hum! ¡Hum! —respondió el rey—. Entonces te... te ordeno bostezar o no bos...

Farfulló un poco y pareció irritado.

El rey exigía esencialmente que su autoridad fuera respetada. Y no toleraba la desobediencia. Era un monarca absoluto. Pero, como era muy bueno, daba órdenes razonables.

"Si ordeno, decía corrientemente, si ordeno a un general que se transforme en ave marina y si el general no obedece, no será culpa del general. Será culpa mía."

—¿Puedo sentarme? —inquirió tímidamente el principito.

—Te ordeno sentarte — le respondió el rey, que recogió majestuosamente un faldón de su manto de armiño.

El principito se sorprendió. El planeta era minúsculo. ¿Sobre qué podía reinar el rey?

—Sire... —le dijo— os pido perdón por interrogaros...

—Te ordeno interrogarme —se apresuró a decir el rey.

—Sire... ¿sobre qué reináis?

—Sobre todo —respondió el rey, con gran simplicidad.

—¿Sobre todo?

El rey con un gesto discreto señaló su planeta, los otros planetas y las estrellas.

—¿Sobre todo eso? —dijo el principito.

—Sobre todo eso... —respondió el rey.

Pues no solamente era un monarca absoluto sino un monarca universal.

—¿Y las estrellas os obedecen?

—Seguramente —le dijo el rey—. Obedecen al instante. No tolero la indisciplina.

Un poder tal maravilló al principito. ¡Si él lo hubiera detentado, habría podido asistir, no a cuarenta y cuatro, sino a setenta y dos, o aun a cien, o aun a doscientas puestas de sol en el mismo día, sin necesidad de mover jamás la silla! Y como se sentía un poco triste por el recuerdo de su pequeño planeta abandonado, se atrevió a solicitar una gracia al rey:

—Quisiera ver una puesta de sol... Hazme el gusto... Ordena al sol que se ponga...

—Si ordeno a un general que vuele de flor en flor como una mariposa, o que escriba una tragedia, o que se transforme en ave marina, y si el general no ejecuta la orden recibida, ¿quién, él o yo, estaría en falta?

—Vos —dijo firmemente el principito.

—Exacto. Hay que exigir a cada uno lo que cada uno puede hacer —replicó el rey—. La autoridad reposa, en primer término, sobre la razón. Si ordenas a tu pueblo que vaya a arrojarse al mar, hará una revolución. Tengo derecho de exigir obediencia porque mis órdenes son razonables.

—¿Y mi puesta de sol? —respondió el principito, que jamás olvidaba una pregunta una vez que la había formulado.

—Tendrás tu puesta de sol. Lo exigiré. Pero esperaré, con mi ciencia de gobernante, a que las condiciones sean favorables.

—¿Cuándo serán favorables las condiciones? —averiguó el principito.

—¡Hem! ¡Hem! —le respondió el rey, que consultó antes un grueso calendario—, ¡hem!, ¡hem!, ¡será a las... a las... será esta noche a las siete y cuarenta! ¡Y verás cómo soy obedecido!

El principito bostezó. Lamentaba la pérdida de su puesta de sol. Y como ya se aburría un poco:

—No tengo nada más que hacer aquí —dijo al rey—. ¡Voy a partir!

—No partas —respondió el rey, que estaba muy orgulloso de tener un súbdito—. ¡No partas, te hago ministro!

—¿Ministro de qué?

—De... ¡de justicia!

—¡Pero no hay a quién juzgar!

—No se sabe —le dijo el rey—. Todavía no he visitado mi reino. Soy muy viejo, no tengo lugar para una carroza y me fatiga caminar.

—¡Oh! Pero yo ya he visto —dijo el prinicipito, que se asomó para echar otra mirada hacia el lado opuesto del planeta—. No hay nadie allí, tampoco...

—Te juzgarás a ti mismo —le respondió el rey—. Es lo más difícil. Es mucho más difícil juzgarse a sí mismo que juzgar a los demás. Si logras juzgarte bien a ti mismo eres un verdadero sabio.

—Yo —dijo el principito— puedo juzgarme a mí mismo en cualquier parte. No tengo necesidad de vivir aquí.

—¡Hem! ¡Hem! —dijo el rey—. Creo que en algún lugar del planeta hay una vieja rata. La oigo por la noche. Podrás juzgar a la vieja rata. La condenarás a muerte de tiempo en tiempo. Así su vida dependerá de tu justicia. Pero la indultarás cada vez para conservarla. No hay más que una.

—A mí no me gusta condenar a muerte —respondió el principito—. Y creo que me voy.

—No —dijo el rey.

Pero el principito, habiendo concluido sus preparativos, no quiso afligir al viejo monarca:

—Si Vuestra Majestad desea ser obedecido puntualmente podría darme una orden razonable. Podría ordenarme, por ejemplo, que parta antes de un minuto. Me parece que las condiciones son favorables...

Como el rey no respondiera nada, el principito vaciló un momento, y luego, con un suspiro, emprendió la partida.

—Te hago embajador —se apresuró entonces a gritar el rey.

Tenía un aire muy autoritario.

Las personas grandes son bien extrañas, díjose a sí mismo el principito durante el viaje.

XI

EL SEGUNDO PLANETA estaba habitado por un vanidoso:

—¡Ah! ¡Ah! ¡He aquí la visita de un admirador! —exclamó desde lejos el vanidoso no bien vió al principito.

Pues, para los vanidosos, los otros hombres son admiradores.

—Buenos días —dijo el principito—. ¡Qué sombrero tan raro tienes!

—Es para saludar —le respondió el vanidoso—. Es para saludar cuando me aclaman. Desgraciadamente, nunca pasa nadie por aquí.

—¿Ah, sí? —dijo el principito sin comprender.

—Golpea tus manos, una contra otra —aconsejó el vanidoso.

El principito golpeó sus manos, una contra otra. El vanidoso saludó modestamente, levantando el sombrero.

"Esto es más divertido que la visita al rey", se dijo para sí el principito. Y volvió a golpear sus manos, una contra otra. El vanidoso volvió a saludar, levantando el sombrero.

Después de cinco minutos de ejercicio el principito se cansó de la monotonía del juego:

—Y, ¿qué hay que hacer para que el sombrero caiga? —preguntó.

Pero el vanidoso no le oyó. Los vanidosos no oyen sino las alabanzas.

—¿Me admiras mucho verdaderamente? —preguntó al principito.

—¿Qué significa admirar?

—Admirar significa reconocer que soy el hombre más hermoso, mejor vestido, más rico y más inteligente del planeta.

—¡Pero si eres la única persona en el planeta!

—¡Hazme el placer! ¡Admírame lo mismo!

—Te admiro —dijo el principito, encogiéndose de hombros—. Pero, ¿por qué puede interesarte que te admire?

Y el principito se fue.

Las personas grandes son decididamente muy extrañas, se dijo simplemente a sí mismo durante el viaje.

XII

EL PLANETA SIGUIENTE estaba habitado por un bebedor. Esta visita fue muy breve, pero sumió al principito en una gran melancolía.

—¿Qué haces ahí? —preguntó al bebedor, a quien encontró instalado en silencio, ante una colección de botellas vacías y una colección de botellas llenas.

—Bebo —respondió el bebedor, con aire lúgubre.

—¿Por qué bebes? —preguntóle el principito.

—Para olvidar —respondió el bebedor.

—¿Para olvidar qué? —inquirió el principito, que ya le compadecía.

—Para olvidar que tengo vergüenza —confesó el bebedor bajando la cabeza.

—¿Vergüenza de qué? —averiguó el principito que deseaba socorrerle.

44

—¡Vergüenza de beber! —terminó el bebedor, que se encerró definitivamente en el silencio.

Y el principito se alejó, perplejo.

Las personas grandes son decididamente muy pero muy extrañas, se decía a sí mismo durante el viaje.

XIII

EL CUARTO PLANETA era el del hombre de negocios. El hombre estaba tan ocupado que ni siquiera levantó la cabeza cuando llegó el principito.

—Buenos días —le dijo éste—. Su cigarrillo está apagado

—Tres y dos son cinco. Cinco y siete, doce. Doce y tres, quince. Buenos días. Quince y siete, veintidós. Veintidós y seis, veintiocho. No tengo tiempo para volver a encenderlo. Veintiséis y cinco, treinta y uno. ¡Uf! Da un total, pues, de quinientos un millones seiscientos veintidós mil setecientos treinta y uno.

—¿Quinientos millones de qué?

—¡Eh! ¿Estás siempre ahí? Quinientos un millones de... Ya no sé... ¡Tengo tanto trabajo! Yo soy serio, no me divierto con tonterías. Dos y cinco, siete...

—¿Quinientos millones de qué? —repitió el principito, que nunca en su vida había renunciado a una pregunta, una vez que la había formulado.

El hombre de negocios levantó la cabeza:

—En los cincuenta y cuatro años que habito este planeta, sólo he sido molestado tres veces. La primera fue hace veintidós años por un abejorro que cayó Dios

sabe de dónde. Produjo un ruido espantoso y cometí cuatro errores en una suma. La segunda fue hace once años por un ataque de reumatismo. Me hace falta ejercicio. No tengo tiempo para moverme. Yo soy serio. La tercera vez... ¡Hela aquí! Decía, pues, quinientos un millones...

—¿Millones de qué?

El hombre de negocios comprendió que no había esperanza de paz.

—Millones de esas cositas que se ven a veces en el cielo.

—¿Moscas?

—Pero no, cositas que brillan.

—¿Abejas?

—¡Pero no! Cositas doradas que hacen desvariar a los holgazanes. ¡Pero yo soy serio! No tengo tiempo para desvariar.

—¡Ah! ¿Estrellas?

—Eso es. Estrellas.

—¿Y qué haces tú con quinientos millones de estrellas?

—Quinientos un millones seiscientos veintidós mil setecientos treinta y uno. Yo soy serio, soy preciso.

—¿Y qué haces con esas estrellas?

—¿Qué hago?

—Sí.

—Nada. Las poseo.

—¿Posees las estrellas?

—Sí.

—Pero he visto un rey que...

—Los reyes no poseen; "reinan". Es muy diferente.

—¿Y para qué te sirve poseer las estrellas?

—Me sirve para ser rico.

—¿Y para qué te sirve ser rico?

—Para comprar otras estrellas, si alguien las encuentra.

"Éste, se dijo a sí mismo el principito, razona un poco como el ebrio".

Sin embargo, siguió preguntando:

—¿Cómo se puede poseer estrellas?

—¿De quién son? —replicó, hosco, el hombre de negocios.

—No sé. De nadie.

47

—Entonces, son mías, pues soy el primero en haberlo pensado.

—¿Es suficiente?

—Seguramente. Cuando encuentras un diamante que no es de nadie, es tuyo. Cuando encuentras una isla que no es de nadie, es tuya. Cuando eres el primero en tener una idea, la haces patentar: es tuya. Yo poseo las estrellas porque jamás, nadie antes que yo, soñó con poseerlas.

—Es verdad —dijo el principito—. ¿Y qué haces tú con las estrellas?

—Las administro. Las cuento y las recuento —dijo el hombre de negocios—. Es difícil. ¡Pero soy un hombre serio!

El principito todavía no estaba satisfecho.

—Yo, si poseo un pañuelo, puedo ponerlo alrededor de mi cuello y llevármelo. Yo, si poseo una flor, puedo cortarla y llevármela. ¡Pero tú no puedes cortar las estrellas!

—No, pero puedo depositarlas en el banco.

—¿Qué quiere decir eso?

—Quiere decir que escribo en un papelito la cantidad de mis estrellas. Y después cierro el papelito, bajo llave, en un cajón.

—¿Es todo?

—Es suficiente.

"Es divertido, pensó el principito. Es bastante poético. Pero no es muy serio".

El principito tenía sobre las cosas serias ideas muy diferentes de las ideas de las personas grandes.

—Yo —dijo aún— poseo una flor que riego todos los días. Poseo tres volcanes que deshollino todas las semanas. Pues deshollino también el que está extinguido. No se sabe nunca. Es útil para mis volcanes y es útil para mi flor que yo los posea. Pero tú no eres útil a las estrellas...

El hombre de negocios abrió la boca pero no encontró respuesta y el principito se fue.

Decididamente las personas grandes son enteramente extraordinarias, se dijo simplemente a sí mismo durante el viaje.

XIV

EL QUINTO PLANETA era muy extraño. Era el más pequeño de todos. Había apenas lugar para alojar a un farol y un farolero. El principito no lograba explicarse para qué podían servir, en algún lugar del cielo, en un planeta sin casa ni población, un farol y un farolero. Sin embargo se dijo a sí mismo:

—Tal vez este hombre es absurdo. Sin embargo, es menos absurdo que el rey, que el vanidoso, que el hombre de negocios y que el bebedor. Por lo menos su trabajo tiene sentido. Cuando enciende el farol es como si hiciera nacer una estrella más, o una flor. Cuando apaga el farol, hace dormir a la flor o a la estrella. Es una ocupación muy linda. Es verdaderamente útil porque es linda.

Cuando llegó al planeta saludó respetuosamente al farolero:

—Buenos días. ¿Por qué acabas de apagar el farol?

—Es la consigna —respondió el farolero—. Buenos días.

—¿Qué es la consigna?

—Apagar el farol. Buenas noches.

Y volvió a encenderlo.

—Pero, ¿por qué acabas de encenderlo?

—Es la consigna —respondió el farolero.

—No comprendo —dijo el principito.

—No hay nada que comprender —dijo el farolero—. La consigna es la consigna. Buenos días.

Y apagó el farol.

Luego se enjugó la frente con un pañuelo a cuadros rojos.

—Tengo un oficio terrible. Antes era razonable. Apagaba por la mañana y encendía por la noche. Tenía el resto del día para descansar, y el resto de la noche para dormir...

—Y después de esa época, ¿la consigna cambió?

—La consigna no ha cambiado —dijo el farolero—. ¡Ahí está el drama! De año en año el planeta gira más rápido y la consigna no ha cambiado.

—¿Entonces? —dijo el principito.

—Entonces, ahora que da una vuelta por minuto, no tengo un segundo de descanso. Enciendo y apago una vez por minuto.

—¡Qué raro! ¡En tu planeta los días duran un minuto!

—No es raro en absoluto —dijo el farolero—. Hace ya un mes que estamos hablando juntos.

—¿Un mes?

—Sí. Treinta minutos. ¡Treinta días! Buenas noches.

Y volvió a encender el farol.

El principito lo miró y le gustó el farolero que era

—*Tengo un oficio terrible.*

tan fiel a la consigna. Recordó las puestas de sol que él mismo había perseguido, en otro tiempo, moviendo su silla. Quiso ayudar a su amigo:

—¿Sabes?... conozco un medio para que descanses cuando quieras...

—Siempre quiero —dijo el farolero.

Pues se puede ser, a la vez, fiel y perezoso.

El principito prosiguió:

—Tu planeta es tan pequeño que puedes recorrerlo en tres zancadas. No tienes más que caminar bastante lentamente para quedar siempre al sol. Cuando quieras descansar, caminarás... y el día durará tanto tiempo como quieras.

—Con eso no adelanto gran cosa —dijo el farolero—. Lo que me gusta en la vida es dormir.

—Es no tener suerte —dijo el principito.

—Es no tener suerte —dijo el farolero—. Buenos días.

Y apagó el farol.

"Éste, se dijo el principito mientras proseguía su viaje hacia más lejos, éste sería despreciado por todos los otros, por el rey, por el vanidoso, por el bebedor, por el hombre de negocios. Sin embargo, es el único que no me parece ridículo. Quizá porque se ocupa de una cosa ajena a sí mismo".

Suspiró nostálgico y se dijo aún:

"Éste es el único de quien pude haberme hecho amigo. Pero su planeta es verdaderamente demasiado pequeño. No hay lugar para dos..."

El principito no osaba confesarse que añoraba este bendito planeta, sobre todo, por las mil cuatrocientas cuarenta puestas de sol, ¡cada veinticuatro horas!

XV

EL SEXTO PLANETA era un planeta diez veces más vasto. Estaba habitado por un Anciano que escribía enormes libros.

—¡Toma! ¡He aquí un explorador! —exclamó cuando vio al principito.

El principito se sentó sobre la mesa y resopló un poco. ¡Había viajado tanto!

—¿De dónde vienes? —díjole el Anciano.

—¿Qué es este grueso libro? —preguntó el principito—. ¿Qué haces aquí?

—Soy geógrafo —dijo el Anciano.

—¿Qué es un geógrafo?

—Es un sabio que conoce dónde se encuentran los mares, los ríos, las ciudades, las montañas y los desiertos.

—Es bien interesante —dijo el principito—. ¡Por fin un verdadero oficio! —Y echó una mirada a su alrededor, sobre el planeta del geógrafo. Todavía no había visto un planeta tan majestuoso.

—Es muy bello vuestro planeta. ¿Tiene océanos?

—No puedo saberlo —dijo el geógrafo.

—¡Ah! —El principito estaba decepcionado—. ¿Y montañas?

—No puedo saberlo —dijo el geógrafo.

—¿Y ciudades y ríos y desiertos?

—Tampoco puedo saberlo —dijo el geógrafo.

—¡Pero eres geógrafo!

—Es cierto —dijo el geógrafo—, pero no soy explorador. Carezco absolutamente de exploradores. No es el geógrafo quien debe hacer el cómputo de las ciudades, de los ríos, de las montañas, de los mares, de los océanos y de los desiertos. El geógrafo es demasiado importante para ambular. No debe dejar su despacho. Pero recibe allí a los exploradores. Les interroga y toma nota de sus observaciones. Y si las observaciones de alguno le parecen interesantes, el geógrafo hace levantar una encuesta acerca de la moralidad del explorador.

—¿Por qué?

—Porque un explorador que mintiera produciría catástrofes en los libros de geografía. Y también un explorador que bebiera demasiado.

—¿Por qué? —preguntó el principito.

—Porque los ebrios ven doble. Entonces el geógrafo señalaría dos montañas donde no hay más que una sola.

—Conozco a alguien —dijo el principito— que sería un mal explorador.

—Es posible. Por tanto, cuando la moralidad del explorador parece aceptable, se hace una encuesta acerca de su descubrimiento.

—¿Se va a ver?

—No. Es demasiado complicado. Pero se exige al explorador que presente pruebas. Si se trata, por ejemplo, del descubrimiento de una gran montaña, se le exige que traiga grandes piedras.

El geógrafo se emocionó súbitamente:

—Pero tú, ¡tú vienes de lejos! ¡Eres explorador! ¡Vas a describirme tu planeta!

Y el geógrafo, habiendo abierto su registro, afinó la punta del lápiz. Los relatos de los exploradores se anotan con lápiz al principio. Para anotarlos con tinta se espera a que el explorador haya suministrado pruebas.

—¿Decías? —interrogó el geógrafo.

—¡Oh! Mi planeta —dijo el principito— no es muy interesante, es muy pequeño. Tengo tres volcanes. Dos volcanes en actividad y un volcán extinguido. Pero no se sabe nunca.

—No se sabe nunca —dijo el geógrafo.

—Tengo también una flor.

—No anotamos las flores —dijo el geógrafo.

—¿Por qué? ¡Es lo más lindo!

—Porque las flores son efímeras.

—¿Qué significa "efímera"?

—Las geografías —dijo el geógrafo— son los libros más valiosos de todos los libros. Nunca pasan de moda. Es muy raro que una montaña cambie de lugar. Es muy raro que un océano pierda su agua. Escribimos cosas eternas.

—Pero los volcanes extinguidos pueden despertarse —interrumpió el principito—. ¿Qué significa "efímera"?

—Que los volcanes estén extinguidos o se hayan despertado es lo mismo para nosotros —dijo el geógrafo—. Lo que cuenta para nosotros es la montaña. La montaña no cambia.

—Pero, ¿qué significa "efímera"? —repitió el principito que, en toda su vida, no había renunciado a una pregunta, una vez que la había formulado.

—Significa "que está amenazado por una próxima desaparición".

—¿Mi flor está amenazada por una próxima desaparición?

—Seguramente.

"Mi flor es efímera, se dijo el principito, ¡y sólo tiene cuatro espinas para defenderse contra el mundo! ¡Y la he dejado totalmente sola en mi casa!"

Ése fue su primer impulso de nostalgia. Pero tomó coraje:

—¿Qué me aconsejáis que vaya a visitar? —preguntó.

—El planeta Tierra —le respondió el geógrafo—.
Tiene buena reputación...

Y el principito partió, pensando en su flor.

XVI

EL SÉPTIMO PLANETA fue, pues, la Tierra.

La Tierra no es un planeta cualquiera. Se cuentan allí ciento once reyes (sin olvidar, sin duda, los reyes negros), siete mil geógrafos, novecientos mil hombres de negocios, siete millones y medio de ebrios, trescientos once millones de vanidosos, es decir, alrededor de dos mil millones de personas grandes.

Para daros una idea de las dimensiones de la Tierra os diré que antes de la invención de la electricidad se debía mantener, en el conjunto de seis continentes, un verdadero ejército de cuatrocientos sesenta y dos mil quinientos once faroleros.

Vistos desde lejos hacían un efecto espléndido. Los movimientos de este ejército estaban organizados como los de un ballet de ópera. Primero era el turno de los faroleros de Nueva Zelanda y de Australia. Una vez alumbradas sus lamparillas, se iban a dormir. Entonces entraban en el turno de la danza los faroleros de China y de Siberia. Luego, también se escabullían entre los bastidores. Entonces era el turno de los faroleros de Rusia y de las Indias. Luego los de África y Europa. Luego los de América del Sur. Luego los de América del Norte. Y nunca se equivocaban en el orden de entrada en escena. Era grandioso.

Solamente el farolero del único farol del Polo Norte y su colega del único farol del Polo Sur llevaban una vida ociosa e indiferente: trabajaban dos veces por año.

XVII

Cuando se quiere ser ingenioso ocurre que se miente un poco. No he sido muy honesto cuando hablé de los faroleros. Corro el riesgo de dar una falsa idea de nuestro planeta a quienes no lo conocen. Los hombres ocupan muy poco lugar en la Tierra. Si los dos mil millones de habitantes que pueblan la Tierra se tuviesen de pie y un poco apretados, como en un mitin, podrían alojarse fácilmente en una plaza pública de veinte millas de largo por veinte millas de ancho. Podría amontonarse a la humanidad sobre la más mínima islita del Pacífico.

Las personas grandes, sin duda, no os creerán. Se imaginan que ocupan mucho lugar. Se sienten importantes como los baobabs. Les aconsejaréis, pues, que hagan el cálculo. Les agradará porque adoran las cifras. Pero no perdáis el tiempo en esta penitencia. Es inútil. Tened confianza en mí.

Una vez en tierra, el principito quedó bien sorprendido al no ver a nadie. Temía ya haberse equivocado de planeta, cuando un anillo de color de luna se revolvió en la arena.

—Buenas noches —dijo al azar el principito.

—Buena noches —dijo la serpiente.

—¿En qué planeta he caído? —le preguntó el principito.

—En la Tierra, en África —respondió la serpiente.

—¡Ah!... ¿No hay, pues, nadie en la Tierra?

—Aquí es el desierto. En los desiertos no hay nadie. La Tierra es grande —dijo la serpiente.

El principito se sentó sobre una piedra y levantó los ojos hacia el cielo:

—Me pregunto —dijo— si las estrellas están encendidas a fin de que cada uno pueda encontrar la suya algún día. Mira mi planeta. Está justo sobre nosotros... Pero, ¡qué lejos está!

—¡Qué hermoso es! —dijo la serpiente—, ¿Qué vienes a hacer aquí?

—Estoy disgustado con una flor —dijo el principito.

—¡Ah! —dijo la serpiente.

Y quedaron en silencio.

—¿Dónde están los hombres? —prosiguió al fin el principito—. Se está un poco solo en el desierto.

—Con los hombres también se está solo —dijo la serpiente.

El principito la miró largo tiempo:

—Eres un animal raro —le dijo al fin—. Delgado como un dedo...

—Pero soy más poderoso que el dedo de un rey —dijo la serpiente.

El principito sonrió:

—No eres muy poderoso... ni siquiera tienes patas... ni siquiera puedes viajar...

—Puedo llevarte más lejos que un navío —dijo la serpiente.

Se enroscó alrededor del tobillo del principito como un brazalete de oro:

—A quien toco, lo vuelvo a la tierra de donde salió —dijo aún—. Pero tú eres puro y vienes de una estrella...

El principito no respondió nada.

—*Eres un animal raro* —*le dijo al fin*—. *Delgado como un dedo...*

—Me das lástima, tú, tan débil, sobre esta Tierra
de granito. Puedo ayudarte si algún día extrañas demasiado a tu planeta. Puedo...

—¡Oh! Te he comprendido muy bien —dijo el principito—, pero, ¿por qué hablas siempre con enigmas?

—Yo los resuelvo todos —dijo la serpiente.

Y quedaron en silencio.

XVIII

El principito atravesó el desierto y no encontró más
que una flor. Una flor de tres pétalos, una flor de
nada...

—Buenos días —dijo el principito.

—Buenos días —dijo la flor.

—¿Dónde están los hombres? —preguntó cortésmente el principito.

Un día la flor había visto pasar una caravana.

—¿Los hombres? Creo que existen seis o siete. Los
he visto hace años. Pero no se sabe nunca dónde en-
contrarlos. El viento los lleva. No tienen raíces. Les
molesta mucho no tenerlas.

—Adiós —dijo el principito.

—Adiós —dijo la flor.

XIX

EL PRINCIPITO subió a una alta montaña. Las únicas montañas que había conocido eran los tres volcanes que le llegaban a la rodilla. Usaba el volcán apagado como taburete. "Desde una montaña alta como ésta, se dijo, veré de un golpe todo el planeta y todos los hombres..." Pero sólo vió agujas de rocas bien afiladas.

—Buenos días —dijo al azar.

—Buenos días... Buenos días... Buenos días... —respondió el eco.

—¿Quién eres? —dijo el principito.

—Quién eres... quién eres... —respondió el eco.

—Sed amigos míos, estoy solo —dijo el principito.

—Estoy solo... estoy solo... estoy solo... —respondió el eco.

"¡Qué planeta raro!, pensó entonces. Es seco, puntiagudo y salado. Y los hombres no tienen imaginación. Repiten lo que se les dice... En mi casa tenía una flor: era siempre la primera en hablar..."

XX

PERO SUCEDIÓ que el principito, habiendo caminado largo tiempo a través de arenas, de rocas y de nieves, descubrió al fin una ruta. Y todas las rutas van hacia la morada de los hombres.

—Buenos días —dijo.

Era un jardín florido de rosas.

—Buenos días —dijeron las rosas.

El principito las miró. Todas se parecían a su flor.

—¿Quiénes sois? —les preguntó, estupefacto.

—Somos rosas —dijeron las rosas.

—¡Ah! —dijo el principito.

Y se sintió muy desdichado. Su flor le había contado que era la única de su especie en el universo. Y he aquí que había cinco mil, todas semejantes, en un sólo jardín.

"Se sentiría bien vejada si viera esto, se dijo; tosería enormemente y aparentaría morir para escapar al ridículo. Y yo tendría que aparentar cuidarla, pues, si no, para humillarme a mí también, se dejaría verdaderamente morir..."

Luego, se dijo aún: "Me creía rico con una flor única y no poseo más que una rosa ordinaria. La rosa y mis

¡Qué planeta raro! Es seco, puntiagudo y salado.

tres volcanes que me llegan a la rodilla, uno de los cuales quizá está apagado para siempre. Realmente no soy un gran príncipe..." Y, tendido sobre la hierba, lloró.

XXI

ENTONCES APARECIÓ el zorro:

—Buenos días —dijo el zorro.

—Buenos días —respondió cortésmente el principito, que se dió vuelta, pero no vio nada.

—Estoy acá —dijo la voz— bajo el manzano...

—¿Quién eres? —dijo el principito—. Eres muy lindo...

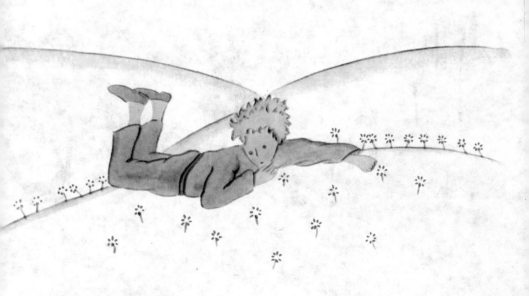

Y, tendido sobre la hierba, lloró.

—Soy un zorro —dijo el zorro.

—Ven a jugar conmigo —le propuso el principito—. ¡Estoy tan triste!...

—No puedo jugar contigo —dijo el zorro—. No estoy domesticado.

—¡Ah! Perdón —dijo el principito.

Pero, después de reflexionar, agregó:

—¿Qué significa "domesticar"?

—No eres de aquí —dijo el zorro—. ¿Qué buscas?

—Busco a los hombres —dijo el principito—. ¿Qué significa "domesticar"?

—Los hombres —dijo el zorro— tienen fusiles y cazan. Es muy molesto. También crían gallinas. Es su único interés. ¿Buscas gallinas?

—No —dijo el principito—. Busco amigos. ¿Qué significa "domesticar"?

—Es una cosa demasiado olvidada —dijo el zorro—. Significa "crear lazos".

—¿Crear lazos?

—Sí —dijo el zorro—. Para mí no eres todavía más que un muchachito semejante a cien mil muchachitos. Y no te necesito. Y tú tampoco me necesitas. No soy para ti más que un zorro semejante a cien mil zorros. Pero, si me domesticas, tendremos necesidad el uno del otro. Serás para mí único en el mundo. Seré para tí único en el mundo...

—Empiezo a comprender —dijo el principito—. Hay una flor... Creo que me ha domesticado.

—Es posible —dijo el zorro—. ¡En la Tierra se ve toda clase de cosas...!

—¡Oh! No es en la Tierra —dijo el principito.

El zorro pareció muy intrigado.

—¿En otro planeta?

—Sí.

—¿Hay cazadores en ese planeta?

—No.

—¡Es interesante eso! ¿Y gallinas?

—No.

—No hay nada perfecto —suspiró el zorro.

Pero el zorro volvió a su idea:

—Mi vida es monótona. Cazo gallinas, los hombres me cazan. Todas las gallinas se parecen y todos los hombres se parecen. Me aburro, pues, un poco. Pero, si me domesticas, mi vida se llenará de sol. Conoceré un ruido de pasos que será diferente de todos los otros. Los otros pasos me hacen esconder bajo la tierra. El tuyo me llamará fuera de la madriguera, como una música. Y además, ¡mira! ¿Ves, allá, los campos de trigo? Yo no como pan. Para mí el trigo es inútil. Los campos de trigo no me recuerdan nada. ¡Es bien triste! Pero tú tienes cabellos color de oro. Cuando me hayas domesticado, ¡será maravilloso! El trigo dorado será un recuerdo de ti. Y amaré el ruido del viento en el trigo...

El zorro calló y miró largo tiempo al principito.

—¡Por favor... domestícame! —dijo.

—Bien lo quisiera —respondió el principito—, pero no tengo mucho tiempo. Tengo que encontrar amigos y conocer muchas cosas.

—Sólo se conocen la cosas que se domestican —dijo el zorro—. Los hombres ya no tienen tiempo de conocer nada. Compran cosas hechas a los mercaderes. Pero como no existen mercaderes de amigos, los hombres ya no tienen amigos. Si quieres un amigo, ¡domestícame!

—¿Qué hay que hacer? —dijo el principito.

—Hay que ser muy paciente —respondió el zorro—. Te sentarás al principio un poco lejos de mí, así, en la hierba. Te miraré de reojo y no dirás nada. La palabra es fuente de malentendidos. Pero, cada día, podrás sentarte un poco más cerca...

Al día siguiente volvió el principito.

—Hubiese sido mejor venir a la misma hora —dijo el zorro—. Si vienes, por ejemplo, a las cuatro de la tarde, comenzaré a ser feliz desde las tres. Cuanto más avance la hora, más feliz me sentiré. A las cuatro me sentiré agitado e inquieto; ¡descubriré el precio de la felicidad! Pero si vienes a cualquier hora, nunca sabré a qué hora preparar mi corazón... Los ritos son necesarios.

—*Si vienes, por ejemplo, a las cuatro de la tarde,*
comenzaré a ser feliz desde las tres.

—¿Qué es un rito? —dijo el principito.

—Es también algo demasiado olvidado —dijo el zorro—. Es lo que hace que un día sea diferente de los otros días; una hora, de las otras horas. Entre los cazadores, por ejemplo, hay un rito. El jueves bailan con las muchachas del pueblo. El jueves es, pues, un día maravilloso. Voy a pasearme hasta la viña. Si los cazadores no bailaran en día fijo, todos los días se parecerían y yo no tendría vacaciones.

Así el principito domesticó al zorro. Y cuando se acercó la hora de la partida:

—¡Ah!... —dijo el zorro—. Voy a llorar.

—Tuya es la culpa —dijo el principito—. No deseaba hacerte mal pero quisiste que te domesticara...

—Sí —dijo el zorro.

—¡Pero vas a llorar! —dijo el principito.

—Sí —dijo el zorro.

—Entonces, no ganas nada.

—Gano —dijo el zorro—, por el color del trigo.

Luego, agregó:

—Ve y mira nuevamente las rosas. Comprenderás que la tuya es única en el mundo. Volverás para decirme adiós y te regalaré un secreto.

El principito se fue a ver nuevamente las rosas:

—No sois en absoluto parecidas a mi rosa; no sois nada aún —les dijo—. Nadie os ha domesticado y no habéis domesticado a nadie. Sois como era mi zorro. No era más que un zorro semejante a cien mil otros. Pero yo lo hice mi amigo y ahora es único en el mundo.

Y las rosas se sintieron bien molestas.

—Sois bellas, pero estáis vacías —les dijo todavía—. No se puede morir por vosotras. Sin duda que un transeúnte común creerá que mi rosa se os parece. Pero ella sola es más importante que todas vosotras, puesto que es ella la rosa a quien he regado. Puesto que es ella la rosa a quien puse bajo un globo. Puesto que es ella la rosa a quien abrigué con el biombo. Puesto que es ella la rosa cuyas orugas maté (salvo las dos o tres que se hicieron mariposas). Puesto que es ella la rosa a quien escuché quejarse, o alabarse, o aun, algunas veces, callarse. Puesto que ella es mi rosa.

Y volvió hacia el zorro:

—Adiós —dijo.

—Adiós —dijo el zorro—. He aquí mi secreto. Es

muy simple: no se ve bien sino con el corazón. Lo esencial es invisible a los ojos.

—Lo esencial es invisible a los ojos —repitió el principito, a fin de acordarse.

—El tiempo que perdiste por tu rosa hace que tu rosa sea tan importante.

—El tiempo que perdí por mi rosa... —dijo el principito, a fin de acordarse.

—Los hombres han olvidado esta verdad —dijo el zorro—. Pero tú no debes olvidarla. Eres responsable para siempre de lo que has domesticado. Eres responsable de tu rosa...

—Soy responsable de mi rosa... —repitió el principito, a fin de acordarse.

XXII

Buenos días —dijo el principito.

—Buenos días —dijo el guardaagujas.

—¿Qué haces aquí? —dijo el principito.

—Clasifico a los viajeros por paquetes de mil —dijo el guardaagujas—. Despacho los trenes que los llevan, tanto hacia la derecha como hacia la izquierda .

Y un rápido iluminado, rugiendo como el trueno, hizo temblar la cabina de las agujas.

—Llevan mucha prisa —dijo el principito—. ¿Qué buscan?

—Hasta el hombre de la locomotora lo ignora —dijo el guardaagujas.

Y un segundo rápido iluminado rugió, en sentido inverso.

—¿Vuelven ya? —preguntó el principito.

—No son los mismos —dijo el guardaagujas—. Es un cambio.

—¿No estaban contentos donde estaban?

—Nadie está nunca contento donde está —dijo el guardaagujas.

Y rugió el trueno de un tercer rápido iluminado.

—¿Persiguen a los primeros viajeros? —preguntó el principito.

—No persiguen absolutamente nada —dijo el guardaagujas—. Ahí adentro duermen o bostezan. Sólo los niños aplastan sus narices contra los vidrios.

—Sólo los niños saben lo que buscan —dijo el principito—. Pierden tiempo por una muñeca de trapo y la muñeca se transforma en algo muy importante, y si se les quita la muñeca, lloran...

—Tienen suerte —dijo el guardaagujas.

XXIII

Buenos días —dijo el principito.

—Buenos días —dijo el mercader.

Era un mercader de píldoras perfeccionadas que aplacan la sed. Se toma una por semana y no se siente más la necesidad de beber.

—¿Por qué vendes eso? —dijo el principito.

—Es una gran economía de tiempo —dijo el mercader—. Los expertos han hecho cálculos. Se ahorran cincuenta y tres minutos por semana.

—Y, ¿qué se hace con esos cincuenta y tres minutos?

—Se hace lo que se quiere...

"Yo, se dijo el principito, si tuviera cincuenta y tres minutos para gastar, caminaría muy suavemente hacia una fuente..."

XXIV

ESTÁBAMOS EN EL OCTAVO DÍA de mi *panne* en el desierto y había escuchado la historia del mercader bebiendo la última gota de mi provisión de agua.

—¡Ah! —dije al principito—. Tus recuerdos son bien lindos, pero todavía no he reparado mi avión, no tengo nada para beber y yo también sería feliz si pudiera caminar muy suavemente hacia una fuente.

—Mi amigo el zorro... —me dijo.

—Mi pequeño hombrecito, ¡ya no se trata más del zorro!

—¿Por qué?

—Porque nos vamos a morir de sed...

No comprendió mi razonamiento y respondió:

—Es bueno haber tenido un amigo, aun si vamos a morir. Yo estoy muy contento de haber tenido un amigo zorro...

"No mide el peligro, me dije. Jamás tiene hambre ni sed. Un poco de sol le basta..."

Pero me miró y respondió a mi pensamiento:

—Tengo sed también... Busquemos un pozo...

Tuve un gesto de cansancio: es absurdo buscar un pozo, al azar, en la inmensidad del desierto. Sin embargo, nos pusimos en marcha.

Cuando hubimos caminado horas en silencio, cayó la noche y las estrellas comenzaron a brillar. Las veía como en sueños, con un poco de fiebre, a causa de mi sed. Las palabras del principito danzaban en mi memoria:

—¿También tú tienes sed? —le pregunté.

Pero no respondió a mi pregunta. Me dijo simplemente:

—El agua puede también ser buena para el corazón...

No comprendí su respuesta, pero me callé... Sabía bien que no había que interrogarlo.

Estaba fatigado. Se sentó. Me senté cerca de él. Y, después de un silencio, dijo aún:

—Las estrellas son bellas, por una flor que no se ve...

Respondí "seguramente" y, sin hablar, miré los pliegues de la arena bajo la luna.

—El desierto es bello —agregó.

Es verdad. Siempre he amado el desierto. Puede uno sentarse sobre un médano de arena. No se ve nada. No se oye nada. Y sin embargo, algo resplandece en el silencio...

—Lo que embellece al desierto —dijo el principito— es que esconde un pozo en cualquier parte...

Me sorprendí al comprender de pronto el misterioso resplandor de la arena. Cuando era muchachito vivía yo en un antigua casa y la leyenda contaba que allí había un tesoro escondido. Sin duda, nadie supo descubrirlo y quizá nadie lo buscó. Pero encantaba toda la casa. Mi casa guardaba un secreto en el fondo de su corazón...

—Sí —dije al principito—; ya se trate de la casa, de las estrellas o del desierto, lo que los embellece es invisible.

—Me gusta que estés de acuerdo con mi zorro —dijo.

Como el principito se durmiera, lo tomé en mis brazos y volví a ponerme en camino. Estaba emocionado. Me parecía cargar un frágil tesoro. Me parecía también que no había nada más frágil sobre la Tierra. A la luz de la luna, miré su frente pálida, sus ojos cerrados, sus mechones de cabellos que temblaban al viento, y me dije: "Lo que veo, aquí, es sólo una corteza. Lo más importante es invisible..."

Como sus labios entreabiertos esbozaran una media sonrisa, me dije aún: "Lo que me emociona tanto en este principito dormido es su fidelidad por una flor, es la imagen de una rosa que resplandece en él como la llama de una lámpara, aun cuando duerme..." Y lo sentí más frágil todavía. Es necesario proteger a las lámparas; un golpe de viento puede apagarlas...

Caminando así, descubrí el pozo al nacer el día.

XXV

LOS HOMBRES —dijo el principito— se encierran en los rápidos pero no saben lo que buscan. Entonces se agitan y dan vueltas.

Y agregó:

—No vale la pena...

El pozo al cual habíamos llegado no se parecía a los pozos del Sahara. Los pozos del Sahara son simples agujeros cavados en la arena. Éste se parecía a un pozo de aldea. Pero ahí no había ninguna aldea y yo creía soñar.

—Es extraño —dije al principito—. Todo está listo: la roldana, el balde y la cuerda...

Rió, tocó la cuerda, e hizo mover la roldana. Y la roldana gimió como gime una vieja veleta cuando el viento ha dormido mucho.

—¿Oyes? —dijo el principito—. Hemos despertado al pozo y el pozo canta...

—Déjame a mí —le dije—. Es demasiado pesado para ti.

Icé lentamente el balde hasta el brocal. Lo asenté bien. En mis oídos seguía cantando la roldana y en el agua, que temblaba aún, vi temblar el sol.

—Tengo sed de esta agua —dijo el principito—. Dame de beber...

Y comprendí lo que había buscado.

Levanté el balde hasta sus labios. Bebió con los ojos cerrados. Todo era bello como una fiesta. El agua no

Rió, tocó la cuerda, e hizo mover la roldana.

era un alimento. Había nacido de la marcha bajo las estrellas, del canto de la roldana, del esfuerzo de mis brazos. Era buena para el corazón, como un regalo. Cuando yo era pequeño, la luz del árbol de Navidad, la música de la misa de medianoche, la dulzura de las sonrisas formaban todo el resplandor del regalo de Navidad que recibía.

—En tu tierra —dijo el principito— los hombres cultivan cinco mil rosas en un mismo jardín... Y no encuentran lo que buscan...

—No lo encuentran... —respondí.

—Y, sin embargo, lo que buscan podría encontrarse en una sola rosa o en un poco de agua...

—Seguramente —respondí.

Y el principito agregó:

—Pero los ojos están ciegos. Es necesario buscar con el corazón.

Yo había bebido. Respiraba bien. La arena, al nacer el día, estaba de color de miel. Me sentía feliz también con ese color de miel. ¿Por qué habría de apenarme?

—Es necesario que cumplas tu promesa —me dijo suavemente el principito que, de nuevo, se había sentado cerca de mí.

—¿Qué promesa?

—Tú lo sabes... un bozal para mi cordero... ¡soy responsable de esa flor!

Saqué del bolsillo mis bosquejos de dibujo.

El principito los vió y dijo riendo:

—Tus baobabs se parecen un poco a los repollos...

—¡Oh!

¡Yo que estaba tan orgulloso de los baobabs!

—Tu zorro... las orejas... parecen cuernos... ¡y son demasiado largas! —Y rió aún.

—Eres injusto, hombrecito; yo no sabía dibujar más que las boas cerradas y las boas abiertas.

—¡Oh, está bien! —dijo—. Los niños saben.

Dibujé, pues, un bozal. Y sentí el corazón oprimido cuando se lo di.

—Tienes proyectos que ignoro...

Pero no me respondió, y me dijo:

—Sabes, mi caída sobre la Tierra... mañana será el aniversario...

Luego, después de un silencio, dijo aún:

—Caí muy cerca de aquí... —Y se sonrojó.

Y de nuevo, sin comprender por qué, sentí un extraño pesar. Sin embargo, se me ocurrió preguntar:

—Entonces, no te paseabas por casualidad la mañana que te conocí, hace ocho días, así, solo, a mil millas de todas las regiones habitadas. ¿Volvías hacia el punto de tu caída?

El principito enrojeció otra vez.

Y agregué, vacilando:

—¿Tal vez, por el aniversario...?

El principito enrojeció de nuevo. Jamás respondía a las preguntas, pero cuando uno se enrojece significa "sí", ¿no es cierto?

—¡Ah! —le dije—. Temo...

Pero me respondió:

—Debes trabajar ahora. Debes volver a tu máquina. Te espero aquí. Vuelve mañana por la tarde...

Pero yo no estaba muy tranquilo. Me acordaba del zorro. Si uno se deja domesticar, corre el riesgo de llorar un poco...

XXVI

AL COSTADO DEL POZO había una ruina de un viejo muro de piedra. Cuando volví de mi trabajo, por la tarde del día siguiente, vi de lejos al principito sentado allí arriba, con las piernas colgando. Y oí que hablaba:

—¿No recuerdas, pues? —decía—. ¡No es exactamente aquí!

Otra voz le respondió sin duda, puesto que contestó:

—¡Sí! ¡Sí! Es el día, pero el lugar no es aquí...

Continué mi camino hacia el muro. Seguía sin ver ni oír a nadie. Sin embargo, el principito replicó de nuevo:

—...Seguro. Verás dónde comienza mi rastro en la arena. No tienes más que esperarme allí. Estaré allí esta noche.

Yo estaba a veinte metros del muro y seguía sin ver nada.

El principito dijo aún, después de un silencio:

—¿Tienes buen veneno? ¿Estás segura de no hacerme sufrir mucho tiempo?

Me detuve, con el corazón oprimido, pero seguía sin comprender.

—Ahora, vete... —dijo—.¡Quiero volver a descender!

Entonces bajé yo mismo los ojos hacia el pie del muro y ¡di un brinco! Estaba allí, erguida hacia el principito, una de esas serpientes amarillas que os ejecutan en treinta segundos. Comencé a correr, mientras buscaba el revólver en mi bolsillo, pero, al oír el ruido que

83

hice, la serpiente se dejó deslizar suavemente por la arena, como un chorro de agua que muere, y, sin apresurarse demasiado, se escurrió entre las piedras con un ligero sonido metálico.

Llegué al muro justo a tiempo para recibir en brazos a mi hombrecito, pálido como la nieve.

—¿Qué historia es ésta? ¿Ahora hablas con las serpientes?

Aflojé su eterna bufanda de oro. Le mojé las sienes y le hice beber. Y no me atreví a preguntarle nada. Me miró gravemente y rodeó mi cuello con sus brazos. Sentía latir su corazón como el de un pájaro que muere, herido por una carabina. Y me dijo:

—Estoy contento de que hayas encontrado lo que faltaba a tu máquina. Vas a poder volver a tu casa...

—¿Cómo lo sabes?

Precisamente venía a anunciarle que, contra toda esperanza, había tenido éxito en mi trabajo.

No respondió nada a mi pregunta, pero agregó:

—Yo también, hoy vuelvo a mi casa...

Luego, melancólico:

—Es mucho más lejos... Es mucho más difícil...

Sentí que estaba ocurriendo algo extraordinario. Lo estreché en mis brazos como a un niño, y sin embargo, me pareció que se escurría verticalmente hacia un abismo sin que pudiera hacer nada por retenerlo...

Tenía la mirada seria, perdida muy lejos:

—Tengo tu cordero. Y tengo la caja para el cordero. Y tengo el bozal...

Sonrió con melancolía.

Esperé largo rato. Sentía que volvía a entrar en calor poco a poco:

—Ahora, vete... —dijo—. ¡Quiero volver a descender!

—Has tenido miedo, hombrecito.

Había tenido miedo, sin duda. Pero rió suavemente.

—Tendré mucho más miedo esta noche...

De nuevo me sentí helado por la sensación de lo irreparable. Y comprendí que no soportaría la idea de no oír nunca más su risa. Era para mí, como una fuente en el desierto.

—Hombrecito... quiero oírte reír otra vez...

Pero me dijo:

—Esta noche, hará un año. Mi estrella se encontrará exactamente sobre el lugar donde caí el año pasado...

—Hombrecito, ¿verdad que es un mal sueño esa historia de la serpiente, de la cita y de la estrella?...

Pero no contestó a mi pregunta, y dijo:

—No se ve lo que es importante...

—Seguramente...

—Es como con la flor. Si amas a una flor que se encuentra en una estrella, es agradable mirar el cielo por la noche. Todas las estrellas están florecidas.

—Seguramente.

—Es como con el agua. La que me has dado a beber era como una música, por la roldana y por la cuerda... ¿Te acuerdas?... Era dulce.

—Seguramente.

—Por la noche mirarás las estrellas. No te puedo mostrar dónde se encuentra la mía, porque mi casa es muy pequeña. Será mejor así. Mi estrella será para ti una de las estrellas. Entonces te agradará mirar todas las estrellas... Todas serán tus amigas. Y luego te voy a hacer un regalo...

Volvió a reír.

—¡Ah!, hombrecito... hombrecito... ¡Me gusta oír tu risa!

—Precisamente, será mi regalo... Será como con el agua...

—¿Qué quieres decir?

—Las gentes tienen estrellas que no son las mismas. Para unos, los que viajan, las estrellas son guías. Para otros, no son más que lucecitas. Para otros, que son sabios, son problemas. Para mi hombre de negocios, eran oro. Pero todas esas estrellas no hablan. Tú tendrás estrellas como nadie las ha tenido.

—¿Qué quieres decir?

—Cuando mires al cielo, por la noche, como yo habitaré en una de ellas, como yo reiré en una de ellas, será para ti como si rieran todas las estrellas. ¡Tú tendrás estrellas que saben reír!

Y volvió a reír.

—Y cuando te hayas consolado (siempre se encuentra consuelo) estarás contento de haberme conocido. Serás siempre mi amigo. Tendrás deseos de reír conmigo. Y abrirás a veces tu ventana, así... por placer... Y tus amigos se asombrarán al verte reír mirando el cielo. Entonces les dirás: "Sí, las estrellas siempre me hacen reír", y ellos te creerán loco. Te habré hecho una muy mala jugada...

Y volvió a reír.

—Será como si te hubiera dado en lugar de estrellas un montón de cascabelitos que saben reír...

Y volvió a reír.

Después se puso serio:

—Esta noche... ¿sabes?... no vengas.

—No me separaré de ti.

—Parecerá que sufro... Parecerá un poco que me muero. Es así. No vengas a verlo, no vale la pena...

—No me separaré de ti.

Pero estaba inquieto.

—Te digo esto... también por la serpiente. No debe morderte... Las serpientes son malas. Pueden morder por placer...

—No me separaré de ti.

Pero algo lo tranquilizó:

—Es cierto que no tienen veneno en la segunda mordedura...

Esa noche no lo vi ponerse en camino. Se evadió sin ruido. Cuando logré alcanzarlo, caminaba decidido, con paso rápido. Y me dijo solamente:

—¡Ah! Estás ahí...

Me tomó de la mano. Pero siguió atormentándose:

—Has hecho mal. Vas a sufrir. Parecerá que me he muerto y no será verdad...

Yo callaba.

—Comprendes. Es demasiado lejos. No puedo llevar mi cuerpo allí. Es demasiado pesado.

Yo callaba.

—Pero será como una vieja corteza abandonada. No son tristes las viejas cortezas.

Yo callaba.

Se descorazonó un poco. Pero hizo aún un esfuerzo:

—¿Sabes?, será agradable. Yo también miraré las estrellas. Todas las estrellas serán pozos con una roldana enmohecida. Todas las estrellas me darán de beber...

Yo callaba.

—¡Será tan divertido! Tendrás quinientos millones de cascabeles y tendré quinientos millones de fuentes...

—*No puedo llevar mi cuerpo allí. Es demasiado pesado.*

Pero también calló, porque lloraba...

—Es allá. Déjame dar un paso, solo.

Y se sentó porque tenía miedo.

Y dijo aún:

—¿Sabes?... mi flor... soy responsable. ¡Y es tan débil! ¡Y es tan ingenua! Tiene cuatro espinas insignificantes para protegerse contra el mundo...

Me senté porque ya no podía tenerme de pie.

El principito dijo:

—Bien... Eso es todo...

Vaciló aún un momento; luego se levantó. Dió un paso.

Yo no podía moverme.

No hubo nada más que un relámpago amarillo cerca de su tobillo. Quedó inmóvil un instante. No gritó. Cayó suavemente como cae un árbol. En la arena, ni siquiera hizo ruido.

XXVII

Y AHORA, por cierto, han pasado ya seis años... Nunca había contado esta historia. Los camaradas que me encontraron se alegraron de volver a verme vivo. Estaba triste, pero les decía: "Es la fatiga..."

Ahora me he consolado un poco. Es decir... no del todo. Pero sé que verdaderamente volvió a su planeta, pues, al nacer el día, no encontré su cuerpo. Y no era un cuerpo tan pesado... Y por la noche me gusta oír las estrellas. Son como quinientos millones de cascabeles...

Pero he aquí que pasa algo extraordinario. Me olvidé de agregar la correa de cuero al bozal que dibujé para el principito. No habrá podido colocárselo nunca. Y me pregunto: "¿Qué habrá pasado en el planeta? Quizá el cordero comió a la flor..."

A veces me digo: "¡Seguramente no! El principito encierra todas las noches a la flor bajo un globo de vi-

Cayó suavemente, como cae un árbol.

drio y vigila bien a su cordero..." Entonces me siento feliz. Y todas las estrellas ríen dulcemente.

A veces me digo: "De vez en cuando uno se distrae, ¡y es suficiente! Una noche el principito olvidó el globo de vidrio o el cordero salió silenciosamente durante la noche..." ¡Entonces, los cascabeles se convierten en lágrimas!...

Es un gran misterio. Para vosotros, que también amáis al principito, como para mí, nada en el universo sigue siendo igual si en alguna parte, no se sabe dónde, un cordero que no conocemos ha comido, sí o no, a una rosa...

—Mirad al cielo. Preguntad: ¿el cordero, sí o no, ha comido a la flor? Y veréis cómo todo cambia...

¡Y ninguna persona grande comprenderá jamás que tenga tanta importancia!

Éste es, para mí, el más bello y más triste paisaje del mundo. Es el mismo paisaje de la página precedente, pero lo he dibujado una vez más para mostrároslo bien. Aquí fue donde el principito apareció en la Tierra, y luego desapareció.

Mirad atentamente este paisaje a fin de estar seguros de que habréis de reconocerlo, si viajáis un día por el África, en el desierto. Y si llegáis a pasar por allí, os suplico: no os apresuréis; esperad un momento, exactamente debajo de la estrella. Si entonces un niño llega hacia vosotros, si ríe, si tiene cabellos de oro, si no responde cuando se le interroga, adivinaréis quién es. ¡Sed amables entonces! No me dejéis tan triste. Escribidme en seguida, decidme que el principito ha vuelto...